SE VEND

AU PROFIT DES ORPHELINS DE LA GUERRE

AUTOUR DE METZ

SOUVENIRS ET SCÈNES DU BLOCUS

COMÉDIE MILITAIRE EN UN ACTE, PAR **PROSPER SUZANNE**

JOUÉE POUR LA PREMIÈRE FOIS A TOURS, LE 7 NOVEMBRE 1871
PAR LA SOCIÉTÉ DES JEUNES AMATEURS

Prix : 60 Centimes.

TOURS

IMPRIMERIE LADEVÈZE

1871

AUTOUR DE METZ

SE VEND

AU PROFIT DES ORPHELINS DE LA GUERRE

AUTOUR DE METZ

SOUVENIRS ET SCÈNES DU BLOCUS

COMÉDIE MILITAIRE EN UN ACTE, PAR **PROSPER SUZANNE**

JOUÉE POUR LA PREMIÈRE FOIS A TOURS, LE 7 NOVEMBRE 1871
PAR LA SOCIÉTÉ DES JEUNES AMATEURS

Prix : 60 Centimes.

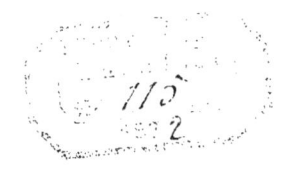

TOURS

IMPRIMERIE LADEVÈZE

1871

AUTOUR DE METZ

SOUVENIRS ET SCÈNES DU BLOCUS

COMÉDIE MILITAIRE EN UN ACTE, PAR **PROSPER SUZANNE**

Jouée pour la Première fois à Tours, le Mardi 7 novembre 1871.

———— ✕ ————

Le commandant FORTIER, commandant d'artillerie.
Le commandant RICHARD, commandant d'infanterie.
FRANK (artilleur, soldat volontaire), de 20 à 25 ans.
RENÉ   —   id.   id.   —   id.   —
COLIN, fantassin, id.   id.   —   id.   —
RAYMON, id.   id.   id.   —   id.   —
BERTHAULT,   id.   id.   —   id.   —
Deux soldats.

————————⬧————————

Le Cavalier du fort Queuleu. — Au fond, une embrasure à canon du bastion 2. — Le dernier plan donne une vue des environs de Metz. — A gauche du spectateur, un feu de bivouac où se chauffent quelques soldats. — Une sentinelle traverse de temps en temps la scène, en dehors des gabions. — Au premier plan, à droite, une tente à côté de laquelle est dressée une petite table. Un peu plus haut, un faisceau d'armes. — On est aux derniers jours d'octobre.

Au lever du rideau, René est accoudé sur l'affût d'un canon. De l'autre côté : Raymon, appuyé contre les gabions, fume en lisant un journal. On entend le bruit d'une fusillade lointaine, qui cesse au début de la première scène.

————

SCÈNE I.

RAYMON, RENÉ, COLIN, BERTHAULT.

————

RENÉ.

Rien, rien que l'insipide fusillade des chasseurs désœuvrés auxquels on ne répond seulement pas.

RAYMON.

Le repos auquel nous sommes forcés est celui que redoute le marin loin du port.

RENÉ.

Et penser que cent cinquante mille hommes n'attendent et ne désirent qu'un mot pour remplir de bruit toutes ces campagnes désertes.

RAYMON.

Nous n'avons même pas la gloire de nous défendre, on ne nous attaque pas.

RENÉ.

Oui, et quelques pas seulement nous séparent de cette chaîne de fer qui traverse nos routes, nos bois et nos villages. L'incendie a noirci les murs des chaumières, le fer des boulets a coupé nos clochers et nous assistons, paisibles spectateurs, à la ruine de tous nos souvenirs.

RAYMON.

On jette à boulets perdus toutes nos munitions.

RENÉ.

Nos bombes ne font saigner que des betteraves; nous ensemençons les champs avec de la mitraille au lieu de les féconder avec les corps de nos ennemis.

RAYMON.

Mais que fait le maréchal, en ce moment?

RENÉ.

Ah! tu répètes le cri de toute la France! le maréchal nous démontre pratiquement la supériorité de la cavalerie en temps de blocus, voilà ce qu'il y a de certain.

RAYMON.

Les journaux se taisent.

RENÉ.

Les Messins se désolent, et je t'assure que c'est toujours avec peine que je descends dans la ville; on n'y voit que des gens qui ont l'air d'avoir pleuré ou qui, à coup sûr, en ont bien envie.

RAYMON.

Je pense comme toi; la misère des civils n'amoindrit pas la nôtre. Ces enfants qui ont faim et ces hommes qui regardent leurs maisons en pensant à Strasbourg, ne me font par oublier mes 250 grammes de pain, ni les obus qui éclatent dans le fort.

COLIN (*se levant*).

Tenez, à vous parler franchement, ce qui me chiffonne le plus dans tout ça, c'est de voir que notre fort est considéré comme un joujou par les petites dames de la ville. On vient s'y promener quand le temps est beau, l'on y montre ses toilettes d'automne et l'on sourit avec complaisance, en voyant qu'il y a encore de la farine dans la boulangerie. Ah! le fait est que leur figure en consomme plus que leur estomac ! Quel malheur de gâcher comme ça la marchandise! D'honneur, c'est pas prudent à elles de passer aussi près des gens affamés comme nous. (*Les soldats rient.*)

BERTHAULT (*accent fortement troupier*).

Je suis sûr que les femmes ne t'ont pas toujours donné ces idées-là ?

COLIN.

Est-ce que tu te permettrais d'en avoir d'autres ? les idées folichonnes, vois-tu, c'est pas sain par le temps qui court, et si ces dames ne viennent ici que pour nous en donner, eh bien, vrai, c'est pas généreux !

BERTHAULT.

Allons, je vois que tu as des *appréventions* contre *le sesque*.

COLIN.

Ah! fichtre oui, d'abord c'est une femme qui m'a fait brûler mon diner.

RENÉ.

Tiens, tu dines donc, toi?

COLIN.

Mais non, puisque je viens de vous dire qu'on me l'a fait brûler.... mon dîner. Voilà : j'étais de cuisine pour mon propre compte...., j'avais un superbe animal dans ma gamelle.

RAYMON (*à part*).

Un canard, sans doute ?

COLIN.

Mieux que ça, un hérisson! Un hérisson qui s'était fourvoyé sous ma tente et que j'ai nourri pendant trois jours pour l'engraisser dans l'espoir qu'il me rendrait la pareille.

RENÉ.

L'ingrat.

COLIN.

J'avais ajouté une pomme de terre et une betterave, rapportées de l'expédition de Peltre... Or, depuis deux heures l'eau bouillait, la pomme de terre était fondue, mais l'animal avait durci !

BERTHAULT.

C'était ton affaire à toi, qui en tiens pour le solide.

COLIN.

Bref, l'eau bouillait toujours, et moi je bouillais de ne pas voir l'animal bouillir, quand tout à coup la femme du commandant Richard passe auprès de mon fourneau et me prie poliment d'aller chercher son homme. Moi, tout aussi poliment, je la prie, sans me déranger, de vouloir bien attendre que mon protégé fût cuit. — Est-ce que ça demandera longtemps ? — Ô mon Dieu, madame, ça dépendra beaucoup de lui, mais je vous avoue franchement qu'il n'y met pas de complaisance, car enfin depuis deux heures qu'il est là...—C'est bien, je vous prie de trouver de suite mon mari, ou sans cela... Dam' je me lève d'assez mauvaise humeur... je fais cinq fois le tour du fort avant de rencontrer M. Richard, et à mon retour, je trouve un hérisson brûlé et une femme rouge de colère ! Bref, je ne sais quelle histoire elle fait à son mari sur la manière dont je l'avais reçue, mais le résultat fut pour moi trois jours de salle de police que je viens de terminer ce matin.

RAYMON.

Et le hérisson ?

COLIN.

Le hérisson ! Ah je réponds que si on veut le fourrer dans un obus, le prussien qui le recevra aura de la peine à le digérer.

RENÉ.

Qui est-ce qui veut faire une partie de piquet ?

RAYMON.

Tiens, c'est une idée; René, je te joue deux douzaines d'huitres en 29,000 points. Ça fait que nous serons peut-être débloqués avant d'avoir fini et que le perdant pourra s'exécuter.

COLIN (à René).

Et moi, je vous joue un plat de n'importe quoi à confectionner dans les vingt-quatre heures.

RENÉ.

Merci, tu n'aurais qu'à avoir encore un hérisson en réserve.

COLIN (*à Berthault*).

Je te joue ma goutte de ce soir ?

BERTHAULT.

Il la connaît, le camarade. Tu te l'est faite avancer ce matin par Nicolas.

COLIN.

C'est vrai. Eh bien, je te joue ma première garde à monter ?

BERTHAULT.

Allons, j'y consens.

COLIN.

René, prêtez-moi vos cartes ?

RENÉ.

Les voici. (*Berthault et Colin jouent, assis sur un banc de terre pratiqué dans l'embrasure à canon.*)

RAYMON (*qui parcourt le journal depuis un instant*).

(*à René.*)

Tiens, voilà un récit assez exact de l'affaire de Peltre ; mais n'étais-tu pas avec nous lorsque nous avons repris le village ?

RENÉ.

Si fait, j'ai même eu l'honneur d'arracher l'inscription insolente que les Allemands avaient placée au milieu de la route : « Sol conquis, territoire prussien » et je l'ai remplacée par cette promesse que nous croyions bien réaliser : « Cimetière prussien, pas un n'en sortira ! »

RAYMON (*rêvant*).

C'était un horrible tableau que celui du couvent mis à jour par nos boulets et ceux de l'ennemi ! Les plafonds s'effondraient sur nous avec les richesses qui reposaient dessus; un pied sur une bible, un autre sur un crucifix, je me suis battu sans songer à la profanation que je commettais.

RENÉ.

Ma compagnie a délogé les Prussiens de la dernière maison qu'ils occupaient dans ce village, qu'ils ont incendiée par vengeance.

RAYMON.

Est-ce là que tu recueillis cette jolie peinture que tu me montrais hier ?

RENÉ.

Justement, et tu sais que ne pouvant emporter le cadre, je fus obligé de couper la toile que la flamme commençait à rougir; tiens, regarde. (*Il déroule une petite toile.*)

RAYMON.

Ah voilà une tète bien faite pour inspirer un peintre ! si c'est un portrait, l'original doit ètre une bien jolie femme.

COLIN (*se levant brusquement*).

Allons, les voilà encore sur le mème sujet; je vous ai déjà dit que c'était malsain de parler de ça.

RAYMON (*riant*).

Mais puisque celle-là est peinte !

COLIN (*qui s'est remis à jouer*).

Est-ce qu'elles ne le sont pas toutes !.... Allons, bon, voilà que je perds. Oh ! ça devait m'arriver ! Quand j'entends parler de femmes, c'est comme quand je vois une araignée le matin : je suis sùr qu'il m'arrivera un malheur dans la journée.

RENÉ (*qui a repris le portrait*), — à
Raymon.

N'est-ce pas qu'elle est belle? eh bien ! veux-tu que je parle franchement, je crois que j'en suis amoureux !

RAYMON.

Du portrait?

RENÉ.

Non, du modèle.

RAYMON.

Tu le connais donc ?

RENÉ.

Pas le moins du monde; mais crois-tu que le joueur qui rêve une fortune sur les hasards d'un billet de loterie, ne soit pas plus fou que moi qui bàtis un avenir sur un portrait?

RAYMON (*riant*).

Allons , je crois décidément que le cerveau se ressent du vide de l'estomac.

RENÉ.

Pas le moins du monde ; et n'ai-je pas, après tout, quelques droits à l'amour de cette jeune fille, en supposant que je la retrouve ; car enfin, le l'ai sauvée de l'incendie et d'une profanation peut-être. Suppose qu'un de ces lourds Allemands ait trouvé cette charmante image, et le tableau serait allé s'enfumer un beau jour dans quelque cabane de Silésie, où le rustre l'aurait montré à ces amis comme le souvenir d'une conquète personnelle... Tandis que je le porterai religieusement sur moi avec le respect que l'on attache à une chose sacrée, et je me sens plus fort et plus confiant aujourd'hui que j'ai à défendre une espérance et un souvenir.

RAYMON.

Tiens ! tu es le digne pendant de ton ami Frank, un autre rêveur celui-là

COLIN à *Berthault.*

J'en reste pour les deux heures de faction que je dois... René , voici tes cartes.

BERTHAULT.

Raymon raconte-nous donc une histoire en attendant la soupe, quelque chose d'un peu.... d'un peu... polisson, qui nous fasse rêver à Vénus en nous jetant dans les bras de *Morphine.*

COLIN.

Halte-là ! je m'y oppose !

RENÉ.

Dis-nous plutôt les aventures de Gargantua, à qui l'on servait dix moutons à son déjeûner.

COLIN.

Dix moutons ! Ah ! je donnerais la tête de Berthault pour un dixième de ses déjeûners !

RAYMON.

Non, René va nous chanter le Rondeau des petits ballons.

COLIN.

Un instant.... un instant... y a-t-il des femmes là-dedans.

RENÉ (*étendant la main*).

Il n'y a que les petits billets que nous envoyons à nos mères... là-bas.

COLIN.

Alors, c'est différent.

BERTHAULT.

René, nous t'écoutons dans un respectueux silence.

RENÉ.

Les Petits Ballons.

(RONDEAU.)

Partez, allez à votre but
Petits ballons pleins de nouvelles ;
Nul ne pourra guider vos ailes,
Mais Dieu veille à votre salut.

Au travers de vos chemins bleus,
Mon regard aime à vous poursuivre,
Mon cœur, que vous faites revivre,
Nous accompagne de ses vœux.

De te perdre, parfois j'ai peur
Dans l'air si pur où tu surnages ;
Quant à la blancheur des nuages,
Sylphe tu mêles ta blancheur.

Parfois, j'ai cessé de te voir ;
Mais quand reparut ton étoile,
Tu m'as semblé la blanche voile
Qui conduit l'ancre de l'Espoir.

Que de pleurs séchés en tout lieu
Avec trois mots que l'on te donne,
Petit ballon qu'on abandonne
Au gré de l'air, au gré de Dieu.

Va, pars, franchis avec fierté
Ce qui ferme notre passage ;
Je crois voir en toi le présage
D'une prochaine Liberté !

Interprétant notre désir,
Va dire à nos frères de France,
Qu'en attendant la délivrance
Nous savons combattre et souffrir.

Dis à tous qu'en notre Cité,
Ce qui relève et grandit l'âme,
C'est de voir ce qu'un cœur de femme
Peut contenir de charité.

Que Metz remplit la mission
Qui doit ajouter à sa gloire ,
Et que l'on attend la victoire
Du Réveil de la Nation !

RAYMON (*serrant la main de René*).

Merci, René, je regrette que Frank ne t'ai pas entendu.

COLIN.

Frank ! mais le voici justement de faction ; il vient de ce côté ; quel drôle de garçon ! il regarde toujours par terre comme s'il avait quelque chose à ramasser.

RAYMON.

Ce ne sont toujours pas les idées que tu laisse tomber ?

COLIN.

Allons Berthault, viens me donner un coup de main pour astiquer mon ceinturon, ce n'est pas de trop puisque je vais le salir pour toi ?

BERTHAULT.

C'est égal , je lui ai repassé deux heures de faction ; pas fort le parisien, pas fort !

SCÈNE II.

RENÉ, FRANK, RAYMON.

RENÉ (*allant vers Frank qui vient et entre en scène*).

A quoi pense-tu Frank ?

FRANK (*se reposant sur son arme*).

Je regarde les nuages et je bénis le mauvais temps.

RENÉ.

Bah ! les Poëtes aiment le soleil, pourtant.

FRANK.

Oui, mais ils aiment la Patrie avant tout, et je pense que les terres détrempées retardent les travaux des Prussiens ! Nous n'avons rien à redouter de la pluie, nous ; car nos mitrailleuses, plus légères que leurs canons, sauraient bien se frayer un chemin dans l'ornière, si la volonté d'un seul homme contre tous, ne les retenaient captives dans nos forteresses.

RENÉ.

Chut ! c'est pour de semblables paroles que tu fus envoyé en éclaireur par punition.

FRANK.

Une punition, cela, allons donc ! La meilleure place pour le soldat est celle où le danger est le plus grand.

RAYMON.

Le fait est que tu paraissais presque content d'aller en reconnaissance.

FRANK.

Oui ! je voulais revoir ces villages que j'avais connus si riants et si gais, jadis.

RENÉ.

Et qu'as-tu retrouvé ?

FRANK.

Des ruines ! l'ennemi n'a rien respecté, ni le couvent échappé aux révolutions, ni la maison blanche construite d'hier ! la vigne rampe à terre parmi les pierres de la porte qu'elle encadrait. Quelques pans de murailles restent seuls debout, percés de fenêtres qui ressemblent à des cadres dont les tableaux ont à jamais disparus; et ces tableaux c'était la vie !...

RENÉ.

C'est vrai, Frank, j'ai observé tout cela à Peltre.

FRANK vivement.

A Peltre ! tu étais là.... Oh ! moi qui aurais tout donné pour faire partie de votre détachement.

RENÉ.

Vraiment, et pourquoi ?

FRANK.

Ah ! c'est que ce village est le mien ! c'est que j'y ai laissé tous mes souvenirs et que depuis le jour où j'ai repris volontairement les armes, ma maison est restée seule ! Je lui ai dit : Au revoir, avec la confiance d'un cœur français qui ne pouvait croire à nos revers, pensant retrouver à mon retour un trésor que j'y avais laissé.

RENÉ ET RAYMON.

Un trésor ?

FRANK.

Écoutez : j'ai une idée que je désire vous soumettre et dont je n'ai parlé à personne encore. J'ai surpris volontairement une conversation entre deux officiers... il parait que l'on cherche en ce moment un garçon assez dévoué et assez intelligent pour franchir la ligne de fer qui nous entoure et porter à Paris la nouvelle exacte de notre situation. Eh bien, je veux tenter le voyage.

RAYMON.

D'autres l'ont essayé et tu sais le résultat?

RENÉ.

La mort pour quelques-uns, l'exil pour d'autres.

FRANK.

Chut, voici deux commandants qui vont passer ; éloignez-vous.... tout à l'heure nous reprendrons la conversation.

RENÉ.

Le commandant Richard !... il vient sans doute au poste d'observation... Frank, si tu reste là, nous saurons du nouveau.

RAYMON.

A tout à l'heure (*ils sortent par la gauche*).

SCÈNE III.

LE COMMANDANT RICHARD, LE COMMANDANT FORTIER.

LE COMMANDANT RICHARD.

La situation n'est plus tenable, commandant ; à l'énergie que donne la colère succède le découragement de l'impuissance ; les Messins ne croient plus à la délivrance par le secours du dehors ; ils crient à la trahison et insultent l'armée.

LE COMMANDANT FORTIER.

Les journaux nous cachent, avec raison, les souffrances du peuple; mais ces souffrances sont immenses.

LE COMMANDANT RICHARD.

Le commerce abuse des mesures trop faciles du gouvernement, pour élever à des prix fabuleux les dernières denrées. Les faubourgs regorgent d'enfants hâves et déguenillés qui vont chercher jusque sur des fumiers la nourriture d'une vie horrible.

LE COMMANDANT FORTIER.

On s'habitue à la vue et au bruit du canon comme à la vue d'un géant inoffensif. Les femmes poussent la familiarité jusqu'à caresser de leurs mains blanches le bronze noirci.

LE COMMANDANT RICHARD.

L'incendie des villages n'est plus qu'un spectacle navrant qui fait diversion à la faim ; l'élan s'engourdit ! On s'accoutume progressivement à l'idée d'une reddition honteuse; et tandis que nous mangeons les derniers chevaux qui traînaient nos mitrailleuses vers Borny et Gravelotte, nous défrayons la chronique des journaux par des combats d'avant-postes.

LE COMMANDANT FORTIER.

Nos braves soldats vont jusque sous le feu de l'ennemi chercher leur vie dans des champs vingt fois retournés. Voyez là-bas, le pays n'est animé que par la fumée des forges d'Ars et ce sont les Allemands qui fondent des boulets avec les matériaux que nous leur avons laissés. Mais tout cela me détourne de la question; oui commandant, nous voulons trouver un homme déterminé qui consente à porter à Paris le cri de toutes nos souffrances. Un homme qui puisse nous rapporter de la Défense nationale un ordre d'attaque concordant avec une sortie des Parisiens, afin que, réunissant nos forces par une jonction heureuse, nous écrasions l'ennemi qui nous étouffe avec une étreinte de fer.

LE COMMANDANT RICHARD.

Oui ! mais cet homme où le trouver ?

FRANK (qui a écouté le commandant Fortier).

Le voici commandant !

LE COMMANDANT FORTIER (sévèrement).

Vous ! Mais qui êtes-vous et qui vous a donné le droit de nous écouter ?

FRANK.

L'intention loyale de vous servir, commandant ; je suis un enfant du pays et dans un moment où l'avenir de Metz est gravement compromis je viens vous demander comme une faveur le droit de donner ma vie, s'il le faut, pour accomplir le désir que vous avez exprimé tout à l'heure.

LE COMMANDANT FORTIER au COMMANDANT RICHARD.

Il me serait difficile d'être sévère pour ce garçon-là ; sa figure m'est sympathique et sa parole est pleine de franchise.

LE COMMANDANT RICHARD.

Mais qui vous fait croire que vous réussiriez dans une tentative ou d'autres ont échoués ?

FRANK.

Tous les environs de Metz me sont familiers, commandant ; il y a trois mois à peine, je les explorais en artiste pour copier les beaux cités de la Lorraine ; du haut de cette côte l'on aperçoit mon village et c'est là que je veux passer ; je profiterai de la nuit ; j'endosserai la blouse du paysan, et je crois qu'avec du sang-froid et l'aide de Dieu, je pourrai respirer l'air pur des pays qui ne sont pas souillés par la présence des Prussiens.

LE COMMANDANT RICHARD.

Mais, avez-vous au moins une vague idée de la position que l'ennemi occupe autour de Metz, pour parler ainsi ?

FRANK.

Une idée vague, en effet ; mais c'est de vous, commandant, que j'attends de meilleurs renseignements.

LE COMMANDANT FORTIER (à part).

Quelle chose étrange, la figure de ce jeune homme me cause une émotion dont je ne puis me rendre maître, et j'hésiterais au moment de lui donner une mission où sa vie serait si gravement compromise (haut à Frank), vous avez donc un bien grand désir d'entreprendre ce voyage ?

FRANK.

Ah oui ! commandant, j'ai besoin d'éloigner ma vue de ces ruines ! Chaque boulet qui éclate sur la crête des collines me frappe au cœur ; j'ai honte de rester inactif ; je vous le répète, commandant, je suis un enfant de Lorraine, personne n'a dit avec plus d'orgueil que moi que Metz est imprenable et que la fière cité ne se soumettrait même pas à la faim. Notre inaction est forcée, dit-on, et nous attendons le secours d'un corps d'armée qui, bloqué lui-même, compte peut-être sur nous. Eh bien ! commandant, confiez-moi la mission d'apprendre à nos frères, là-bas, quelle est notre situation, et je vous jure de ne revenir vers vous qu'avec la réponse que vous désirez, à moins que je trouve la mort dans mon périlleux voyage.

LE COMMANDANT FORTIER (*à part*).

Ce n'est cependant pas une vague ressemblance qui me trouble à la vue de ce jeune homme ; en l'interrogeant, j'ai peur de trahir mon émotion et pourtant je voudrais savoir...

LE COMMANDANT RICHARD.

Une dernière question tout à fait en dehors de notre sujet... Les soldats qui vous entourent et dont vous entendez les propos, ont-ils l'air de croire qu'une reddition de Metz soit la fin du blocus ?

FRANK.

Oh ! commandant, qui donc pourrait craindre cela ? Quoi, les Hanovriens et les Bavarois franchiraient à leur tour les murs de notre forteresse, comme les Prussiens ont franchis, il y a quatre ans, les portes de leurs villes. Nos voûtes et nos ponts-levis retentiraient au pas de leurs chevaux, et le hulan farouche jetterait l'insulte à la statue de Fabert ! Metz entendrait un autre langage et s'inclinerait devant un autre drapeau !... Ah commandant cela n'est pas possible ! tant que nous aurons assez de poudre pour soulever nos forts, notre terre bénie rejettera l'étranger comme un poids indigne d'elle !

LE COMMANDANT FORTIER.

Ah ! je le savais bien que nous pouvions compter sur vous, braves enfants ! ta main, ami, et sois certain qu'à nul autre que toi ne sera confiée la mission que tu demande à remplir.

FRANK.

Merci, commandant.

LE COMMANDANT RICHARD.

Ton nom.

FRANK.

Frank, et je suis aujourd'hui de garde au bastion 2.

LE COMMANDANT FORTIER (*à part*).

Ce soir, je saurai quel est ce jeune homme (*haut*). Venez-vous, commandant.

LE COMMANDANT RICHARD.

Je suis à vous, mon ami. (*Ils sortent.*)

SCÈNE VI.

FRANK, puis COLIN.

———

FRANK (*seul*).

Enfin, je partirai demain, ce soir peut-être, je te franchirai chère colline de Saint-Quentin ; taillis épais, arbres, buissons qui avez abrité les jeux de l'enfant, vous cacherez le soldat sous votre ombre ; tout à l'heure je saurai si ma chaumière existe encore ; et toi, mère, chérie toi que Dieu m'a ravi il y a dix ans ; fasse le Ciel que je retrouve ta chère image à la place où je l'ai laissé. Ce portrait béni auquel s'adressait toutes mes prières d'enfant, car tu le sais, bonne mère, c'est surtout pour sauver cette relique que je vais risquer la mort. (*Il sort.*)

COLIN (*son fusil sur l'épaule, vient d'entrer en scène*).

Est-ce heureux ces gens-là ! Je vous demande un peu à quoi il pense. Eh bien c'est toujours la même chose quand il est de faction. (*Il prend des poses comiques*), ou bien comme ça. (*Il appuie ses deux mains croisées sur le canon du fusil et prend une pose contemplative.*) Et puis ça reste une heure sans bouger, un prussien lui volerait son mouchoir de poche qu'il ne s'en apercevrait seulement pas. Je dis son mouchoir « c'est une manière de parler » car on sait que les Prussiens... (*Il fait le geste de se moucher avec ses doigts.*) Non, mais c'est vrai, moi je ne peux pas comprendre cela ! Je vous l'avoue franchement, je ne suis pas rêveur, surtout quand je suis de faction, même pour le compte d'un autre. Et puis, un fusil c'est un fusil, faut savoir porter ça, absolument comme quand on défile sur la place, sous les regards langoureux des bobonnes. (*Avec une colère comique.*) Allons, je t'ai déjà défendu de parler de ça. (*Il s'arrête tout d'un coup.*) Chut, voilà du monde ! Cette fois c'est du solide. (*Un rat sort d'un gabion renversé.*) Petit, petit, pst, pst, il n'est pas apprivoisé; essayons d'un autre moyen. (*Il tire une bouchée de pain de sa poche et l'émiette devant un bidon de campement qu'il dresse de manière à former souricière.*) Allons, je risque encore une partie du capital. (*Il se met en observation derrière le bidon et place son fusil à côté de lui.*) Chut ! ça mord. (*Le rat est accouru sur le pain.*) Ah ! ah ! camarade, il paraît que nous ne sommes pas les seuls à souffrir du blocus. — Comme ça mange ! mes 250 grammes ne lui suffiraient pas ! — Gare aux intérêts, mon vieux. (*Il se jette sur le bidon croyant le renverser sur le rat qui se sauve dans la coulisse.*) Ah! je le tiens, je le tiens, victoire, je tiens mon souper de ce soir. (*Avec l'accent troupier.*) Je fais des verses ! le bonheur il me rend éloquent, comme dirait mon ami Berthault. (*Continuant à parodier l'accent.*) Il s'agit de soulever le piège improvisé que je dois à l'invention de ma précoce intelligence. — Du sang-froid ;...... le cœur me battait moins fort à Gravelotte... Je suis certain que nous tremblons l'un devant l'autre, car il ne bouge pas ! (*Il plonge tout d'un coup la main sous le bidon.*) Hein ! rien ! il est parti ! (*Au public.*) L'avez-vous vu ? et il a tout mangé ! Ah brigand ! scélérat ! tu me payeras ça. Mais lui, non, si... C'est lui que j'aperçois là-bas en train de ronger un sac. Attends, je vais te donner le tien de sac... Ne bouge pas ! (*Il jette le bidon dans la direction du rat qui se sauve sous la tente de l'officier.)* Ah! cette fois tu es pris. *(Colin entre sous la tente dont il referme la porte au moment où le commandant Richard paraît du côté opposé.)*

SCÈNE V.

LE COMMANDANT RICHARD, COLIN.

LE COMMANDANT RICHARD.

Un fusil et pas d'homme auprès, quel est le soldat qui abandonne ainsi son arme? *(Il va du côté de la tente en regardant le numéro du fusil; en ce moment Colin sort rayonnant en montrant au public le rat qu'il vient de prendre.)*

COLIN.

Je le tiens, je le tiens. *(Par un mouvement brusque, il attrape le commandant qui est derrière lui)*

LE COMMANDANT RICHARD *(lui prenant l'oreille.)*

Et moi aussi, je te tiens maladroit!... Que faisais-tu là?

COLIN.

Le commandant! je suis perdu!

LE COMMANDANT RICHARD.

Que tiens-tu à la main?

COLIN *(lui montrant sa main libre).*

Rien commandant. 3 et 3 font 6, je vais finir ma semaine au clou.

LE COMMANDANT RICHARD.

Dans l'autre?

COLIN.

Rien commandant. *(Il fourre le rat dans sa tunique.)* Si au moins je pouvais le sauver, lui! Aïe, aïe, le vl'a qui m' déchire l'estomac!

LE COMMANDANT RICHARD.

Voyons, parle; que faisais-tu là et pourquoi as-tu abandonné ton arme?

COLIN (*portant la main à sa poitrine et
faisant des contorsions*).

Mon commandant, je vais vous dire franchement la vérité. Aïe, aïe...
J'avais des coliques. Aïe, aïe, et je cherchais un endroit discret pour...

LE COMMANDANT RICHARD.

Et c'est pour cela que tu es allé t'enfermer sous ma tente?

COLIN.

Non, commandant, oh! non, non; tenez, je ne peux plus vous le cacher
plus longtemps, parce que je suis rongé jusqu'au cœur. (*Il retire le rat de
sa tunique.*) Voilà le coupable.

LE COMMANDANT RICHARD.

Ah! voilà le coupable! Eh bien, c'est pourtant toi que je punirai.

COLIN.

Il va me forcer de lâcher la bête.

LE COMMANDANT RICHARD.

Une fois ta garde montée, tu viendras me trouver ici et tu sauras ce qu'il
en coûte à un soldat de quitter son poste.

COLIN.

Ah! merci, commandant. (*à part*) D'ici ce soir j'aurais le temps de le
faire cuire.

LE COMMANDANT RICHARD (*lui rendant son fusil*).

Allons, reprends ton arme.

COLIN.

Merci, commandant, seulement je vous assure que si j'avais eu quelque
chose dans le fusil, je n'aurais pas lâché celui-là.

LE COMMANDANT RICHARD.

Mais tu ne penses donc qu'à manger, malheureux?

COLIN.

Hélas oui, commandant, c'est tout ce que je peux faire.

LE COMMANDANT RICHARD.

C'est bon, ne manque pas d'être ici ce soir. (*Il sort.*)

SCÈNE VI.

—

COLIN (*seul, regardant le rat avec une colère contenue*).

Eh bien ! c'est pourtant toi qui est cause de cela! que dis-je, c'est ce carottier de Berthault. C'est René qui m'a fait perdre avec ses images coloriées. (*Au rat.*) Oh! mais je me vengerai sur toi! je me vengerai ! (*Il sort dramatiquement.*)

———

SCÈNE VII.

FRANK, RENÉ.

—

FRANK.

Oui, mon cher René, le général m'a écouté avec bienveillance, il a ajouté mille renseignements aux notes incomplètes que j'avais recueillies, et ce soir je serai sur la route de Paris.

RENÉ.

Je crains, Frank, que tu te leurres d'un espoir malheureux.

FRANK.

Que veux-tu dire ?

RENÉ.

Au lieu de regarder toujours dans les nuages, jette un instant les yeux autour de toi et à tes pieds... que vois-tu ?

FRANK.

Mais rien d'extraordinaire, le mouvement habituel ; des soldats qui n'ont seulement pas la force de soulever la boue qui s'attache à leurs souliers, des groupes de francs-tireurs qui n'abandonnent pas les cantines, et de pauvres diables qui tremblent de fièvre sous leurs tentes mal fermées.

RENÉ.

Et tu ne remarques pas les plantons à cheval qui se croisent plus souvent, l'air inquiet des officiers lorsqu'ils s'abordent ; tiens, regarde ce jeune lieutenant du génie qui frappe du pied avec colère, à quoi pense-t-il, crois-tu ? pourquoi porte-t-il la main à ses yeux, si ce n'est pour essuyer une larme, et quel sentiment a fait couler cette larme, si ce n'est le désespoir ? songes-tu, Frank, que nos forts sont muets depuis deux jours; as-tu entendu un seul coup de canon retentir autour de Metz; as-tu remarqué que les journaux sont empreints d'une horrible indécision; sais-tu ce que disent les civils ?

FRANK.

Croirais-tu, par hasard....

RENÉ.

Que l'on rendra la ville ? oui Frank, on parle de capituler.

FRANK.

Mais ce n'est pas possible ! ce n'est pas vrai, René, tu te trompes, cent cinquante mille hommes protesteraient contre une semblable honte. L'ennemi n'ajoutera pas nos armes à ses trophées de victoire ; ce sont des canons de l'ancienne république qui dorment sur nos remparts. Lis la date de cet obusier : 1802, ce bronze était à Ratisbonne, à Iéna peut-être, et les Prussiens pourraient s'en servir un jour pour fondre la statue de Guillaume ; je te le répète, cela est impossible !... On peut réduire à l'impuissance une ville bombardée, mais l'ennemi n'entre pas dans une cité française dont les murs sont intacts, quand on a trente mille Messins pour garder les forts et cent vingt mille soldats pour marcher en avant.

RENÉ.

Nous éprouvons tous ta douleur, Frank ; mais notre malheur ne me semble pas douteux.

FRANK.

Mais quel intérêt aurait le commandant à me laisser croire que je remplirai cette mission....

RENÉ.

L'intérêt généreux de laisser, jusqu'au dernier moment, l'armée dans l'ignorance du déshonneur qui lui est réservé.

FRANK.

Oh ! ne dis pas cela René, car si je le croyais un seul instant...

RENÉ.

Eh bien... que ferais-tu ?

FRANK.

Je partirais de suite, sans en attendre l'ordre.

RENÉ.

Mais ton voyage n'aurait plus sa raison d'être ?

FRANK.

Non, mais je me sauverais ainsi de l'exil ! J'accomplirais un pèlerinage pieux à la demeure de ma pauvre mère, et après avoir recueilli le dernier souvenir qui me reste d'elle , j'irai demander une place dans les rangs des braves qui continueront la lutte... Mais en effet, René... il y a comme de l'anxiété dans tous les regards... il semble qu'on attend quelque chose... Oh il faut que je sache ce qui se passe et ce qu'il me reste à faire ! (*il sort précipitamment.*)

SCÈNE VIII.

—

RENÉ (*seul, puis le* COMMANDANT).

Pauvre garçon, quel bien mystérieux peut l'attacher à cette ruine qui fut sa maison ! Ah ! il est vrai qu'il n'a pas vu comme moi la destruction de son village ! Quel souvenir peut il arracher de ces cendres !... Mais que dis-je (*il s'assied devant la petite table*) , mon espoir n'est-il pas plus fou que le sien, à moi, qui pense trouver un jour un être sans doute imaginaire ! il regarde le portrait (*musique en sourdine*), et cependant quelque chose me dit que cet être existe ! Oh oui ! un modèle était là quant le peintre a produit ces traits gracieux ! Comme cette toile est belle de couleurs et de vie ! On dirait que le dernier coup de pinceau vient d'être donné. (*Le commandant est entré aux dernières paroles et n'aperçoit pas René.*)

SCÈNE IX.

RENÉ, LE COMMANDANT FORTIER (*l'orchestre continue un tremolo*).

—

LE COMMANDANT FORTIER (*sombre*).

C'est donc vrai ! Bazaine rend la ville ! il ne restait plus en moi qu'un amour. Celui de la patrie, il souffre comme les autres ont souffert : je n'ai plus foi en rien — et ce jeune homme Frank , qui par une ressemblance fatale m'a remis au cœur un souvenir navrant.... celui de cet ange que j'ai sacrifié à mon ambition. Pauvre Marie, le chagrin l'a tuée sans doute et j'ignore même ce qu'est devenu son enfant ! (*il jette distraitement un coup d'œil par dessus l'épaule de René qui tient toujours le portrait.*)

LE COMMANDANT FORTIER (*avec stupéfaction*).

Ciel ! que vois-je... ce portrait... ce portrait... de qui le tenez vous... où l'avez vous pris... qui vous l'a donné ?.... mais répondez !.. répondez-moi ?

RENÉ (*voulant reprendre le portrait que le commandant a saisi brusquement*).

Ce portrait est à moi, commandant, je l'ai disputé à l'incendie... Je l'ai trouvé dans les décombres d'une maison que le feu doit avoir entièrement détruite.

LE COMMANDANT FORTIER.

Où cela ?..

RENÉ.

A Peltre.

LE COMMANDANT FORTIER.

C'est bien étrange ! mais n'importe, c'est bien là mon œuvre dans laquelle j'ai mis tout mon amour et tout mon jeune talent. Oh quels souvenirs arrivent en foule à mon cerveau. Marie ! Marie m'as tu pardonné !.... Mais quel hasard ou quelle fatalité, vient deux fois aujourd'hui jeter sur mon chemin l'ombre de ma jeunesse et le remords de ma vie ?...

RENÉ.

Que veut-il dire ?

LE COMMANDANT FORTIER.

J'y songe ; par ce portrait je la retrouverai peut-être, elle et cet enfant que j'ai si lâchement abandonné... *(à René)*. Dites-moi, mon ami, que voulez-vous que je vous donne en échange de cette peinture.

RENÉ *(brusquement).*

Rien, commandant... personne ne peut m'en disputer la propriété et personne ne l'aura... Rendez-le moi.

LE COMMANDANT *(avec une colère contenue).*

Et si je ne te le rendais pas, que ferais-tu ?

RENÉ.

Je la reprendrais de force, commandant.

LE COMMANDANT FORTIER *(froissant le portrait convulsivement).*

Tu l'oserais ?

RENÉ.

Rendez-moi ce portrait, où je ne réponds plus de moi.

LE COMMANDANT FORTIER.

Insolent !

RENÉ.

Eh bien, puisque vous voulez me pousser à bout. *(Il va pour se jeter sur le commandant.)*

LE COMMANDANT FORTIER.

Malheureux ! (*On entend du bruit dans la coulisse, René et le Commandant s'arrêtent.*) Qu'y a-t-il ?

SCENE X.

LES MÊMES, FRANK *paraît entre deux soldats armés, (il est vêtu d'un costume de voyageur).*

—

UN SOLDAT.

Commandant, nous vous ramenons un déserteur.

RENÉ ET LE COMMANDANT FORTIER.

Frank !

LE COMMANDANT FORTIER.

Frank ! vous déserteur ?

UN AUTRE SOLDAT.

Nous l'avons surpris à quelque distance du fort, se cachant à notre approche ; je l'ai reconnu malgré son costume et nous vous le ramenons.

LE COMMANDANT FORTIER (*aux soldats*).

C'est bien, retournez à votre camp et laissez cet homme avec moi. (*A Frank.*) Comment, vous avez fait cela... vous... au moment où nous vous accordions toute notre confiance.

FRANK (*tristement*).

Je l'ai fait au moment où nous allions recevoir un affront suprême de nos ennemis... Ah ! commandant, ce n'était plus un secret pour nous !

LE COMMANDANT FORTIER.

Expliquez-vous ?

FRANK.

Oh, ne dites pas le contraire, vous qui êtes la loyauté et le courage mêmes, vous souffrez autant que moi, plus que moi peut-être ; ne cherchez pas à nous cacher la vérité plus longtemps.

LE COMMANDANT FORTIER.

Voyons, que voulez-vous dire?

FRANK (*lentement*).

Je veux dire qu'avant trois jours nous passerons méprisés au milieu de nos pays ravagés, nous retrouverons partout la trace de l'ennemi victorieux, nos sœurs et nos fiancées nous jetteront l'insulte au passage en nous montrant le sol que nous étions chargés de défendre, et nous irons expier au fond de l'Allemagne, des fautes que nous n'avons pas commises. Livrés sans avoir été écoutés, prisonniers sans presque avoir combattu, nous allons la rougeur au front, traverser des pays pleins des souvenirs écrasants de l'ancienne armée du Rhin! et l'étranger dont la haine n'est pas assouvie même par la victoire, fera rayonner à nos yeux notre brillant passé pour nous humilier davantage par le récit de nos gloires, et nous traverserons Coblentz, Cologne et les villes rhénanes sous les sarcasmes de la foule qui obéissait jadis aux lois que dictaient les Français de 1811. — C'est pourquoi, commandant, je désertais devant la honte et non devant la France.

LE COMMANDANT FORTIER (*à part*).

Soit, je vous crois et j'espère obtenir votre pardon; mais vous vous exposiez aux yeux de vos camarades à être soupçonné d'un tout autre sentiment qued'un sentiment patriotique.

FRANK.

Non, Commandant, on ne soupçonne pas un soldat volontaire qui combat dans son pays natal.

LE COMMANDANT FORTIER (*à part et avec émotion*).

Brave cœur, ses paroles respirent la sincérité... Mais à mesure que ses traits s'animent, cette ressemblance devient plus frappante; non, je ne puis me contenir plus longtemps... (*A Frank*). Frank, Frank, connaissez-vous ce portrait?

FRANK.

Ma mère!... Oh ce portrait pour lequel j'aurais donné ma vie.

RENÉ.

Quoi, cette peinture...

LE COMMANDANT FORTIER.

Mon enfant! tu es mon enfant... tu es le fils de Marie... Ah! Dieu ne m'a donc pas maudit, puisqu'il a permis que je te retrouve! Comme l'on a raison de croire aux pressentiments.

RENÉ (*à part*).

Comme j'ai eu tort de croire aux miens !

FRANK.

Quoi, vous seriez !...

LE COMMANDANT FORTIER.

Je suis ce voyageur qui, surpris dans la forêt des Vosges par un ouragan furieux, glissai dans une fondrière ; c'est moi qui vint blessé, mourant, frapper à la porte d'une chaumière, celle des parents de Marie. Là, j'ai appris tout ce que la charité sait inventer de soins et de dévouements pour secourir les malheureux ; je fus l'objet de toutes ces attentions charmantes qui font si rapidement passer du délire à la convalescence et à la guérison. Un ange m'avait sauvé la vie ; une jeune fille n'avait pas quitté mon chevet durant cette maladie ; ce fut Marie que j'aimai alors de cet amour ardent et passionné qu'elle partageait aussi. — O pardon, Frank ! pardon de tout le mal que je lui ai fait ainsi qu'à toi. — Je partis en promettant à Marie de revenir bientôt, mais une vie nouvelle, l'orgueil et l'ambition me firent oublier mes serments, et je ne reparus jamais à la chaumière ! — Marie, flétrie et déshonorée par moi, dut quitter la maison de ses parents et cacher sa honte dans une retraite si profonde, que plus tard, lorsque saisi par le remords, je voulus réparer mon crime, je ne pus jamais découvrir ses traces.

FRANK.

Ma mère vous a pardonné. Depuis dix ans elle n'est plus, et voilà sans doute tout ce qui me reste d'elle (*il désigne le portrait*). A force de travail elle a pu m'élever dans le respect de votre nom et dans l'amour de toutes les belles et grandes choses.

LE COMMANDANT FORTIER.

Marie est morte.... O mon Dieu !..... Frank, mon cher enfant, nous ne nous quitterons plus, n'est-ce pas ! tu resteras avec moi ! tout le bonheur dont pourra t'entourer ma fortune, ne rachettera pas mon passé, mais du moins j'assurerai ton avenir, tu pourras librement fixer les yeux sur les vastes horizons que doit rêver l'ambition d'un artiste. Frank ! tu ne m'as pas encore dit que tu me pardonnais.

FRANK.

Ma mère seule aurait eu le droit de vous maudire, et c'est elle qui m'a appris à vous aimer.

LE COMMANDANT FORTIER (*l'embrassant*).

Brave cœur ! Mais que le bonheur ne me fasse pas oublier (*se retournant du côté de René*) à qui je dois d'avoir retrouvé un fils ; René, venez serrer la main de votre ami (*René prend la main de Frank*), c'est lui qui a sauvé le portrait de ta mère !

RENÉ.

O commandant, pardonnez à un fou qui, ne pensant pas que cette peinture pouvait remonter à une époque éloignée, s'est amusé à aimer une ombre.

LE COMMANDANT FORTIER.

Et c'est pour cela ?.....

RENÉ.

Que j'ai manqué à tous les égards qui vous sont dus et que je mérite une punition sévère.

LE COMMANDANT FORTIER.

Oh ! je vous pardonne de grand cœur.

SCÈNE XII.

LES MÊMES, COLIN ET LE COMMANDANT RICHARD (*Colin suit le commandant, le képi à la main*).

LE COMMANDANT RICHARD.

Laisse-moi tranquille ! as-tu, oui ou non, abandonné ton fusil devant l'ennemi ?

COLIN.

Mais non, commandant, c'était devant un animal pas méchant du tout.... un mulot !

LE COMMANDANT RICHARD.

Quelle que soit la cause, le fait est grave, et tu seras puni.

COLIN.

Je le suis déjà, commandant.

LE COMMANDANT RICHARD.

Comment cela ?

COLIN.

La bête n'était pas mangeable, elle était trop avancée quand je l'ai tuée.

LE COMMANDANT RICHARD.

Imbécile.

FRANK (*au commandant Fortier*).

Je crois, commandant, que vous aurez à intervenir en faveur de mon ami Colin?

LE COMMANDANT FORTIER.

Quel délit a-t-il commis?

RENÉ.

Un délit de chasse, commandant.

LE COMMANDANT FORTIER.

Ah ! je comprends, il a fait usage de son fusil?...

COLIN.

Pardon... C'est justement pour ne pas m'en être assez servi, que le commandant veut me punir.

LE COMMANDANT FORTIER (*bas au commandant Richard.*)

Allons, commandant, n'usons pas, durant ces derniers jours, d'une sévérité inutile, montrez-vous indulgent.

LE COMMANDANT RICHARD (*à Colin*).

Soit, je te pardonne cette fois-ci, mais n'y reviens pas !

COLIN.

Oh! commandant, le blocus peut durer encore trois mois que je ne broncherai plus de mon poste, et si la faim me fais faire des grimaces, eh bien ! c'est à l'ennemi que je montrerai les dents.

FRANK (*au commandant Fortier.*)

O pourquoi faut-il que ce jour, si beau pour moi, soit inscrit à une date si sombre pour la France.

LE COMMANDANT FORTIER.

Du courage, mon enfant; supportons cette épreuve avec une entière confiance dans une revanche prochaine. L'histoire, qui nous jugera, relèvera l'insulte des nations qui nous appellent les Français dégénérés ! Ils ne sont pas dégénérés des Français de Wissembourg et de Reischoffen, et la Prusse victorieuse, ne doit pas être plus fière de sa victoire que l'Angleterre de Waterloo. Les bataillons qui, à Spikren et Forback ont soutenus ces luttes inégales, ont moissonnés plus de lauriers que ceux qui se font ouvrir les portes de nos villes par la famine ou par la trahison !.......

Tours, le 26 octobre 1871.

1156. — Tours, imprimerie Ladevèze, rue Chaude, 4.

www.ingramcontent.com/pod-product-compliance
Lightning Source LLC
Chambersburg PA
CBHW061613180626
46818CB00005B/2055